典藏人文 1

向明詩集 · 永不止息

詩 · INFINITE

向明 著

新世紀美學 出版

為時代留下巨人的足跡

新世紀美學總編輯　**許世賢**

文學是藝術美學重要環節，透過抽象文字符號，描繪真實世界，更勾勒超越真實世界寬廣的視野，讓人類意識活動留下不可磨滅的痕跡。心靈國度超越有形國度的存在，不論帝國起落，政權更迭，透過詩歌、文學、藝術創作的薪火相傳，藉眾多作品呈現各時代心靈焠鍊的精華，保存凝練智慧結晶，為人類心靈提昇的心路歷程，留下時代巨人的足跡。

真善美是藝術創作追求三部曲，真理與真相的探索與忠實呈現不容輕忽，反覆辯證直指人心的針砭，以更開闊視野看待生命整體，宇宙全象才得以豁然開朗。普世價值彰顯存在的意義，任何意欲箝制心靈的企圖，在時代洪流波濤洶湧的沖刷下，終將蕩然。詩人與藝術家的永恆桂冠，超越任何世俗國度的權杖。

友善的愛溫煦如詩，溫暖光芒輕撫受創心靈，滋潤修復殘篇斷簡的生命歷程。秉持無差別包容的心念，以無私的愛對其他生命伸出友善的橄欖枝；

面對以友善姿態指引心靈覺醒的澄澈意識，任何試圖顛覆人性的企圖，將經不起永恆的試煉，無以面對心靈巨人炯炯目光。

在人類此次文明進入新世紀的關鍵年代，整體心靈向上提昇的動力不在科技生活的推陳出新，而是內在生命本質的探索與覺醒。把焦點投注有形資源的消耗，將地球生存環境變得殘破不堪，眾多緊握權柄的渺小心靈，始終關注經濟效益的思維迷障。世界紛亂的根源，正是集體心靈的迷失。

新世紀美學文化旨在出版豐富多元心靈智慧的結晶，典藏人文叢書以精緻設計裝幀，將深值典藏的藝術人文心靈，收錄典藏。去除連鎖通路數量的迷障，保存小眾文學作品，以設計美學精緻呈現歷經歲月風華焠鍊的大師風貌，開悟心靈呈現的完美作品，為時代留下巨人的足跡，引領新世紀美學開闊寬廣無限的視野。

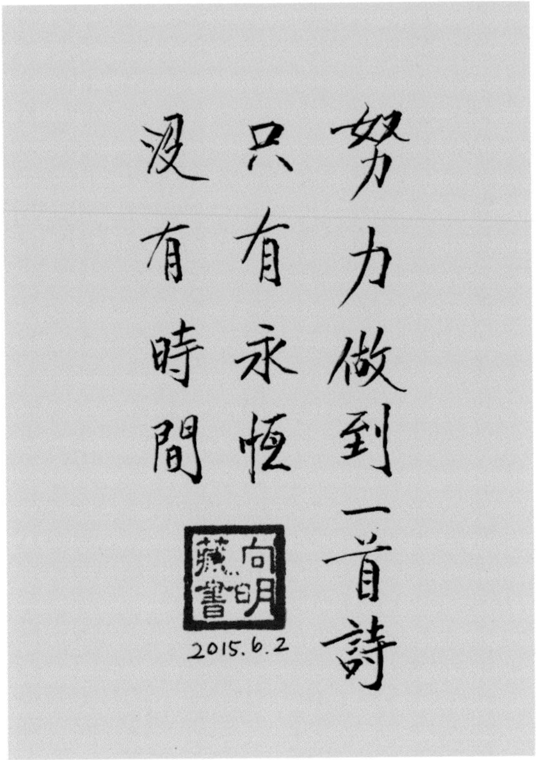
努力做到一首詩
只有永恆
沒有時間
向明藏書
2015.6.2

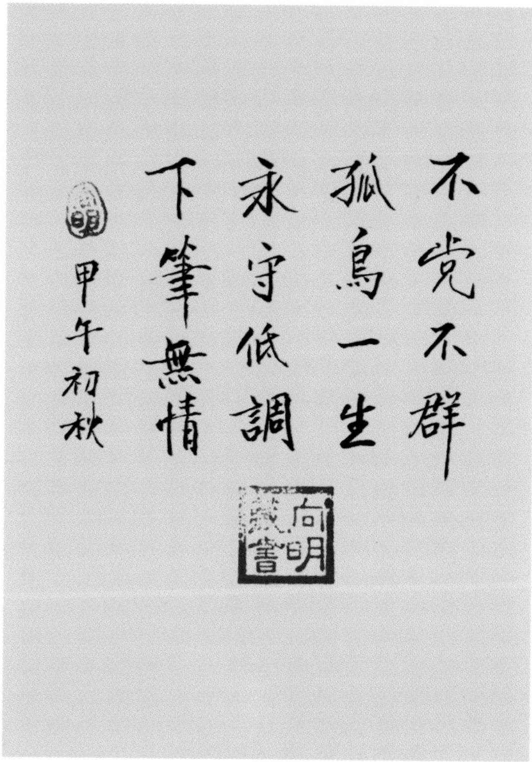
不党不群
孤鳥一生
永守低調
下筆無情
向明藏書
甲午初秋
明

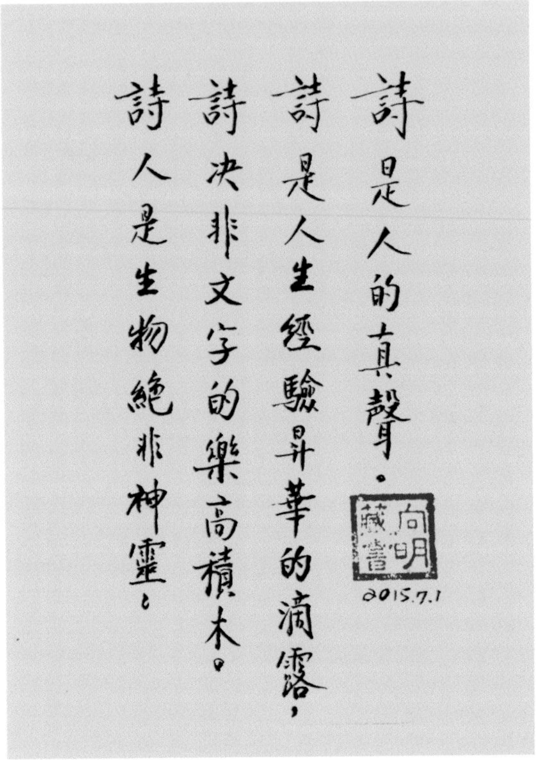
詩是人的真聲。
向明藏書
2015.7.1
詩是人生經驗昇華的滴露，
詩決非文字的樂高積木。
詩人是生物絕非神靈。

向明詩集

詩。INFINITE

目次 I

詩。INFINITE

目次I

詩。INFINITE

目次I

詩。INFINITE

目次

第一部　一葉蓮

雨天書

極目的山瘦得像入冬駱駝的脊項
怪難堪却仍要肩負這一天風雨的

而你小屋的淚却接成長行
門的嘴唇緊閉

快觸發太陽的憤怒呀
你發霉的記憶需要曝晒
自由旗幟迎風飄揚

1957/1/12 藍星周刊 133 期

盤據

連一把泥土也沒抓着的
我們這些寄生植物們
也在因風謅着
往日之已矣，來者之可追
存在也有另一番風景

就像老大老二老三纏着的
哭和笑　就像
妻那永不回顧挺住的目光
就像我們這種頑固
直如磐石的人

1968/11 詩隊伍

井

投我以長長索子
不是來丈量我的汲水少女們
來了復走了

盛滿滿的重量於她們的銅瓶
留我以空泛
以深深的隱隱激動

我欲接納一朵鬢花的漣漪
一個淺笑
或一個顧影

而她們說
太深沉了、且有點冷
且顧及一小小的迷信

1957/8 藍星周刊

異鄉人

無數個大戈壁渴着在你眼睫裡
在這年代的帽與衣領的荒地間
異鄉人，不要希翼笑的雨水

異鄉女子的遮陽傘撐得很低
畏縮得像一枚孤獨的小菌
只為你的短髭藏有太多異鄉的鬱結
只為你的歌含不上異鄉的節拍
而且，只為是一個落拓異鄉人

異鄉人，攤一個莫奈何的手勢吧

異鄉的溫情是如此空乏
降不下 一滴笑的雨水為你洗塵

*作於 1959/7/26 夜，讀楚風來信
1960/4/10 藍星周刊十七期

靶場那邊

靶場那邊
雲挽着雲在驚慌的逃竄
靶場那邊
子彈追着子彈在貪饞的交媾
靶場那邊
人與人唯一朝着一個方向放槍
靶場那邊
畫空而過的呼嘯聲在爭相走告

靶場的外面還有靶場
這兒有靶場，那兒也有靶場

1974/1 秋水創刊號

妻的手

一直忙碌如琴弦的
妻的一雙手，偶一握住
粗澀的，竟是一把欲斷的枯枝

那些凝若寒玉的柔嫩
被誰攫走了呢？什麼人
會那麼貪饞地吮吸空
那些紅潤的血肉

我看着健壯的我自己
還有與我一樣高的孩子們

這一群她心愛的
罪魁禍首

1980年作品中副

說夜三帖

一

夜已頒下
黑色的禁令
只有燈，走出來
敞開的談論
光明

二

過濾掉一切喧嘩之後
夜也睡了
只有蛙聲

不急不徐的宣稱
清醒

三
夜沈重的睡下
再一次墜入
夢幻黝黑的子宮
須等，一枝聲音的利剪
一刀取出
一個嶄新的生命

1985/7/9 自立晚報副刊

還鄉短章

一

新春結伴好
重履
失去的地平線

銅牆般的壁疊呵！
終不敵親情的柔指
輕輕一推
就一個踉蹌閃了過去

二

淚洗過後　是

驚悸　是啞然如
蹲在門口對望的石獅子

從那裡說起呢
集了四十年要說的話
一說　都憋成了
一個痛字

三

人老　物殘　習改
二弟的弓背　分明在訴說
他所扛過的　如山的疾苦

除了兩老蠟黃的遺照
唯一挺拔未改的
竟然是已成廢墟的老屋外
依舊着花的苦楝樹

四

哀歌　總會無端四起
所有乍見的歡愉　總會
釀成土崩瓦解般　哀號不止

一張張久已封閉的嘴
爭相詰問，咱們為何要成為
覆蓋中國的血肉殘軀

1988/7/1 中副

跳房子

不能玩了
這獨腳戲的跳房子
從清晨的一群
跳到黃昏，寥寥
剩這麼幾人

跳來跳去
稿紙上的阡陌
回頭一落腳
呀！好空白的
一方方陷穽

*夢蝶七十生辰，三元老詩社聚首祝賀，歸後有感、於民國七十九年元月十三日。
1990/2/8 中副

餵魚

常常看完新聞後
索性
起身去餵魚

看更多喋喋的小嘴
隔水歡呼

只需
小小的
一點點
餵食

1990/7/「創世紀 79 期」

痰

奮力啐出的一口痰
噹的一聲
落在天安門的
某層石階上

有人用眼睛說
好險
這枚憤怒的子彈
走了四十年
還不會
轉彎

1990/6/11「中副」

秦俑說

別把我們
看成一頁耀眼的光輝歷史

威武肅穆的神情
定睛直視的眼光
只是在突顯
一直坑陷永不翻身的委屈

你們有誰曾經
兩千多年不見天日

*寫於國際人權日（2000/12/21 自由）

秋天的詩

一向嗜食生鮮蔬果的
清瘦詩人
居然向他
索取一個熊熊的火把

那天天雨
遞了過去的
是他手中剛削就的
一束濕淋淋的詩

1997/10/3 台日副刊

香扇墜兒

冬臘月的北京街頭
一整列剛直的銀杏樹
頻頻以寒風催黃的落葉
急着向大地反哺

剛認識仿若母親的老奶奶
一旁卻執着我的手說
這些可憐見的香扇墜兒
每一葉你都該為她
輓上一首深情的詩

《1998年歲暮赴北京，得見知名全能藝術家王世襄老先生和夫人袁荃猷女士（著名古琴彈奏家）邀宴，老夫人一路陪我沿路挑撿墜落滿地金黃扇子狀銀杏葉，仿如回到童年時的母親身畔，並頻頻囑咐要在葉子上寫首詩。「香扇墜兒」係孔尚任劇作〈桃花扇〉中主角歌妓李香君的藝名，李香君多才多藝，能詩能畫。》

1999/1/30 聯副

悲猥詩

約翰藍儂呵！
都是因為你的聲音太富磁性了
妒得夜鶯都不敢隨便歌唱
還有，好端端從不礙事的
阿富汗巴里昂佛陀也一樣
都是因為你們表現得太正典
要知道至美
絕對不容於當世的浮奢

所以呀！
結果一點也不意外

先後都斃於
一群不務正業的槍彈

*約翰藍儂八十年代披頭士傑出成員，1980年12月被崇拜他的樂迷所槍殺。歷史悠久的巴里昂神廟亦在最近被異教徒炸毀。

2001/8/7、中時

芒種

我們在誇語言的年代頻頻受審
不為什麼
只為我們在後有鬼魅的岸邊
登陸成功

成功，把詩的罌粟帶來播種
無論眼賞文字的籐葛
口吞意象的雲霧
所有的感官齊感亢奮

2002/1/6 聯副

咸亨酒店——江南歸來之一

茴香豆吃了一大方桌
陳年紹酒喝了兩大缸

孔乙已忙進忙出敞開嗓子吶喊
祥林嫂靦腆的在店門口徬徨
阿Q那廝聽股市去了
懶得回來清理桌面

魯迅在帳房裡嘔氣
唉！中國怎麼仍是這個模樣

2001/8/23、自由副刊

樓外樓——江南歸來之二

不遠千里直奔樓外樓
只為一享那久違的
西湖醋魚、東坡肉

我那被清淡高纖洗劫過的胃
居然不慣這精緻的烹調
喂！師傅，給我來碗蚵仔麵線

師傅看了看我，轉頭
又看窗外平靜的西湖
恍然的說：

「你們真是離家太久！」

2001/8/29 聯副

老來

離子宮太遠了
而墓塚，就在後緊跟
這一前一後的
未知世界
不覺的，正慢慢拉近
像兩片厚重的幕帷
遮住中間
空白的一生

2004/5/8 自由副刊

驚蛰

我說我只管把精蟲噴湧射出
當高潮如黑夜罩下
至於會不會在子宮着床
我無知如口呆的頑石

我說，怪只怪
妳老用初春嫩綠的盪漾
相機勾引我
寒冬枯黃的蛰伏

2002/1/28 人間

時間十四行—悲大荒

你往那裡去呀！
你說，我在趕時間
時間在那裡呀！
你說，在我的手上

時間一轉身溜走了
就像現在話還未落音
就像昨夜還在一起談憂患
今晨就再也不見你大荒

一場病痛接一場病痛的忙

一首詩剛完就寫另一首的忙
這一生究還有多少
可以 COUNTDOWN 的時間
請催魂的馬錶的達給我們聽
請沉默的漏滴滴漏給我們看

2003/10/20 聯副

樹的傷痛

樹的傷疤滿滿痛哭在樹身上
陽光永不溫暖它埋沒的根鬚
花菓的子孫老受風雨的摧殘

讓樹始終不解的最終結果是
必須粉身碾成一張張的白紙
讓筆去排洩去編排大言不慚

2004/8/18 台日副刊

或者

或者，把我放入水裡漂
或者，把我丟入火中燒
或者，把我化成青烟眇
或者，讓我瀟灑地
　　蛻變成脫線風箏任逍遙
靈魂載着過重的肉體
不斷掙扎
不斷出軌
不斷求饒

2006/5/26 中副

癖事三則——呼應碧果

一

又看到鄰家二大爺了
他想用一根七九烟
點燃我們早年的心火

不巧二大娘正要臨盆
見光的事
她抵死也不肯

二

我和我的鄰居二大爺
都是有口臭的大怪物
但是，別怕
我們都還不是鱷魚

從來不敢隨便開口
怕一張嘴
句句都會超現實

三

也愛花的二大爺
特喜歡
對着花兒不停說話

他身旁的一叢軟枝黃蟬
那一灘灘沾稠分泌物
想必是他
獨門的花肥吧？

2004/11/ 聯副

牆上的黑手印

只恨水來得太快
還來不及叫聲媽媽
還剛伸出求救的手勢
便被時間的快門攝住
將手留影在白牆上了

媽媽再也看不到我
她只能看到這麼無助的
我的黑手印
這可不是我的手太髒呵
媽媽、這次妳不罵我不乖吧！

＊2005年6月初黑龍江沙蘭鎮洪水暴漲，一中心小學九十七個學生同時滅頂，學生瀕死前掙扎，在牆上留下烏黑的小手印，記者攝下傳遍全世界，見者無不鼻酸。

2005/7/2 刊於中華副刊

再輕一次

已經失重了
要讓自己再輕一次
掉下
一片片枯乾的落葉
我脫水的淚滴

不管是秋分
不管是冬至
再輕一次之後
一棵樹的所謂存在
便不再那麼礙眼了

誰會在乎
那些枯乾的落葉呢？

2006/1/9 自由副刊

私心

牆上
那座走了近百年的老掛鐘
突然敲着我說：
「老弟，我要方便。」

對於、他這憋得夠久的罕有之舉
我感到赧然

然而、我沒有理他
必得自私
我不能沒有時間

2007/5/2 聯副

迦薩走廊

顯然
迦薩走廊的繁榮
是用
老人深鎖的愁眉
母親椎心的哭喊
兒童飛濺的血肉
堆砌起來的

沒完沒了的仇恨
在那兒
一直最時鮮

2009/2/9 自由副刊

聆歡樂頌——致席勒

他用他的歌聲
否定了一切偉大的偉大
卻也揭示了
一切快樂的成形

西天，烏雲的帷幔慢慢揭走
西天，傳出陣陣脆亮的嬰兒笑聲

2009/10/28 自由副刊

結果

熬不過一個黑夜的
那支燭光
淚流滿面的癱在窗枱上

好像在說
癡等的最後結果
頂多是這樣

2009/11/28 聯副

背光

你向我走來
背對着光
像是怕我看見你一臉悽惶
還是炫耀
背負着滿陽光的溫暖

你向我走來
背對着光
我本虛空的影子
受不住你身形的高壓而扭曲
如戰陣後受創的河山

你的悽惶怕也更形不安

2010/2/9 自由

只要

只要我那乾瘦的屁股，還能
榮幸，借去坐聽名人的高談闊論
表示活得有夠敬重，至少可佯裝
有聞有聽

*

只要我那難改的鄉音
還能讓一群白痴聽得懂
立馬通知音量倍增，便知我乃
有名有姓

*

只要送牛奶的那小子

曉得我堅持不喝隔夜茶
從不收過期產品，便知我頑固得
有始有終

*

只要他媽的拆白黨
別再挾持我去拐騙幼童
便活得不會沉重，我的反抗絕對
有據有憑

2010.4.26 中時電子報

存在事故——讀周鼎《一具空空的白》

風為證實它脅廹性的存在
　　顛覆性的存在
不惜翻江倒海、拆屋毀林

雨為表現它衝刺力的存在
　　浸透力的存在
肆意加碼傾瀉，狂暴無止

人為求得超能力道的存在
　　智慧全能的存在
欲造巴比塔要與天公比高

你舉證一切乃虛無非存在
　　有呼吸並非存在
造一具空空的白娓娓舉證

你痛飲太白酒以燃燒存有
你沉淪荒誕界以突顯虛無
存在不存在恰如你現在

*與我同輩的詩人周鼎於六〇年代即追求當時正夯的「存在主義」，視一切乃虛無，著有詩劇〈一具空空的白〉，突顯存在的荒謬。刺痛不少人的交感神經。於 2009 年九月病歿於台東榮民醫院。

2012/1/3 福報

爽

一盞孤燈
奮力鑿開墨黑的夜
一絲絲頑固的隙縫

然後大聲喊出一個字
「爽！」
用響亮的

2013/11/27 華副

FANS

首先把聲音碾成細末
滲入溫柔，加蜜糖調勻
做成靈魂般纖弱的顫音
顯出乖巧靈動如春花的可人

我的發音不夠純正
FANS 常會念成「煩詩」
詩嗎？不就是這樣
捏在手裡
「煩來」，「玩去」

2010/2/9 自由副刊

傳聞

傳聞我在
我不在的地方
虛張聲勢
傳說那裡有一個詩人

後來在暗中發現
不過是一張有字的薄紙
遇風即折損
見水會成冰

2011/1/4 聯副

孤獨

千萬要知道
孤獨並非澈底的壞人

至少、至少
他讓你耳根清淨

2011/3/16 福報

天堂怎麼走

有人問路
「天堂怎麼走？」
我撇了撇嘴表示
右拐進去就是

那人怔住說
我剛從那裡來的吔！
我乃噘嘴說他
你錯過了
切莫再錯一次

2011/6/8 自由副刊

陶俑

他堅持要走出來
從渾身泥土中走出來

一走出來、便須面對
一個有光的朝代

2011/5/31 聯副

墨水打翻

一瓶墨水打翻了
帶來一聲聲驚嘆
那是必然的
再也別想看到什麼漢唐了
漆黑已掩蓋一切從前

一瓶墨水打翻了
眼前一片模糊
不也很好
有成和待成的都早已厭看
說不定翻倒出新的長安

2011/7/6 福報

取捨

我要遠方
不要框框
我要遼闊
不要邊疆
我要種子
不要乾糧
我寧取一隅
不希罕萬丈

2011/2/23 新大陸詩刊

告別大妹三妹

親愛的大妹三妹呀！
都已七老八十的妳們
人生的卒業禮即將開始
別傷心，要高興
終將馬上見到
早年受難而歿的爹娘

和他們一樣
妳們的成績都不錯
受罪優等
吃苦特優
只有享樂

我們一家，從來都是
零分

註；日前已裝上人工關節的二妹突自長沙打來電話告知大妹和三妹都已癌末，來日無多、希我這唯一在外的大哥趕回見最後一見，乃於端午節前直航回去。我有一弟五妹，除癌末的兩位外，其他也都七十多歲，風燭殘年，他們這一生受盡苦難，沒有過一天平安幸福滿足的日子。相反的，我在台灣衣食無憂，自由自在，對他們的受難我一點也無能為力，實在深感愧疚。

2011/9/4 自由副刊

收據

今收到
賞賜
閃電無窮匹
驚雷億萬響
驟雨如瀉金
屋厝連根鏟
良田失如洗
堤岸瀕失防
萬方生命無從寄
萬代子孫還不起
此據
立字據人 丙丁戊己

2011/7/15 衛生紙詩刊

孤獨國君

風中傳來一聲喝問
誰在「逆」詩而行

我沒空回答，以為
有人大胆參我「逆施倒行」

我不懂話因，從不見誰
能順詩直上青雲

在詩的國度，我是我自己
蠻橫的孤獨國君

2011/2/1 菲律賓聯合日報

木槿花前

老纏着那叢豔麗的木槿花
翩翩起舞的斑斕彩蝶呀
你真是有夠情種

我是野蜂，粗鄙又缺耐性
看它們朝開暮落，僅一日成榮
你花痴得多麼沒勁

2011/10/14 福報

四行對

陽是陰的孿生兄妹
明是暗的反骨親人

顆顆子彈都命中對方要害
粒粒糖果全甜在自己心中

2011/10/16 自由副刊

如何是好

我一點也沒想自己該怎樣好？
就像樹頂上的一隻鷹
盤旋復盤旋
人家只說那姿態很美妙

祝你順利舉起腰刀
疾風勁草別猶豫即使誰來求饒
膝關節已退化得靠人工接替
一點也不知該如何前進是好？

2011/12/5 自由副刊

包裝紙

已經皺巴巴的
扔在垃圾堆裡的包裝紙
仍然自我感覺良好的
在炫耀自己的美姿

活得多麼自在呵！
只要曾經擁有過
以為地久天長的永遠保持
一堆破舊在一旁自嘆不如

2011/10/16 自由副刊

留言瓶中

幾句話，沒藏在心底
秘而不宣的那幾句
裝瓶封口，毫不在意的
隨波流放任漂移

一天，不知在大海或溝渠
不管是阿花、柳七或Julian
被誰拾獲，肯定仍會
往日那樣興奮，躍起

管它呢！時間

那最最凶狠的瘋狗浪
是緊撲向那密封的瓶口
或在不透明的瓶底伺機？

2012/3/28 福報副刊

後現代殺機

赤身露體
將可惡蚊子騙進蚊帳
讓它誤入陷阱
讓它以為可以一頓飽餐
讓它魂斷合拍的雙掌

問題是，現在
不必那麼麻煩
噴霧殺蟲器，小嘴一伸
馬上肅清奸宄
還會滿室芳香

2012/8/4 華副

七里香

和秋風一樣
從來都是孤苦無依
也和春天一樣
那形象，總是有
抓住你不放的默契

決不仰人鼻息
只在閒拋閒擲中
以特有的香味釋出自己
已經不止那麼一點點遠了
可能百里千里

2012/10/31 福報

一葉蓮

吾愛　夠坦誠了吧
纖毫畢露，肌里分明
只顯這簡單的翠色
絕不吐出，內裡的
血脈弛張，肉跳心驚

吾愛　看多麼乖巧
不必躭心化作春泥
清水便有我充足養份
總以素顏
掠奪你的眼睛

2013/6/13 中時

九份歸來

以眼以腳打量這山城四處之後
照說再來一份便十全十美了

阿難說這九份重的美景
已夠回眸久久，多便難以承受

＊阿難為佛陀最親近的年輕弟子

2014/3/27 聯副

風暴過後

一陣躲閃
之後　重新站定的
海濱那整排木麻黃
不用支撐
現場秩序井然

此時，真正需要救贖的
反倒是那被高山用力阻擋
重創得狼狽逃離現場
回不了頭的
那一大批
只好索性去流浪的

風的莽漢

＊台灣颱風東部登陸，便被高聳的中央山脈地形破壞而威力消失，支離破碎而散去。

2014 新大陸詩刊二月號

一隻蝴蝶在祈禱

就算秋風將風景折損已光
只剩得最後你這一朵展放
我也會依舊繞着不停撲翅
誰憐憫容顏易損風華星散

2013/10/4 中時

完稿之後

卸掉滿滿墜下的這秋日
便感覺身輕如燕了
然而終究只是一棵樹
飛不起來

2013/10/23 聯副

觀棋

只此一步
天下便開始不安了
這一着棋
錯在車輪打錯了方向

又不是士相
更非將帥
一走向不明的車，頂多
從一旁悄悄消失

2014/1/10 聯副

努力

努力種一棵許願樹下去
不想
日已西沉

經過一夜黑暗的苦纏
明天
還能開花麼？

2014 春季號《乾坤詩刊》

點滴下的尋思

臉書上
拄著點滴瓶掛架的我
以病容出現
畫面下
卻有上百朋友的關懷按贊
和溫暖親切的祝福留言

頓時我感覺無限溫馨
罪惡感隨即油然而猛生
那有詩人不以作品贏得掌聲
而靠病相曝光吸睛

這是不道德的欺名盜世
我在點滴瓶下，點滴的尋思

2014/1/21　向明 FB

自一月十四日至二十日，因攝護腺腫大五倍，壓廹床道及膀胱，導至白血球飆高至兩萬餘，險成敗血症，幸緊急住院施以抗生素及攝護腺鬆弛藥物始暫舒緩、現仍追踪治療中，驚動各方好友，委實不安，遂有此詩之寫成。

你的眼睛──體檢周公

牙齒，終究是要脫落的
啃過太多太多啃不動的艱困以後
即使那顆頑固在你體內不斷作怪的
小小結石，也難免遭破腹取出
時間那隨侍左右的劊子手
那管你夢蝶不夢蝶
　　詩或者不詩
唯一奈何它不得的是

你的眼睛，始終亮亮的
從來不曾散光，也從來不曾近視

2014/5/13 周公往生大典上朗誦〈5/14 自由副刊發表〉

與夢蝶兄結緣六十餘年，眼看他牙齒漸漸掉光，眼看他胃切除四分之三，眼看他腎衰竭，眼看他呼吸困難，唯獨他的眼睛從來不戴任何鏡片，讀經寫字一輩子全憑肉眼。老妻說周伯伯的眼睛始終炯炯有光，就在他住加護病房的前幾天，神智尚清醒時，紫鵑還曾拿報紙給他看。

鴿子

千山、鳥飛絕了之後
馴養在廣場上的鴿子便是
唯一翱翔的象徵了

甚至可以在那座銅像頭頂上
伸伸腿、亮亮羽毛
世人呵！還有什麼好咕嚕的呢？

2014/9/21 自由時報副刊

起乩

神忘掉了的
就讓詩扛起來吧！

為詩敲敲打打
為詩哭哭啼啼
為詩陰陽分曉
為詩祈求福氣

未受洗的來沐浴唯美的盆湯
未受戒的作踏罡步斗的試煉

2014/10 衛生紙 25 期

詩的味覺

芽苞樣稚嫩
薄荷味清涼
清湯式爽口
老虎醬般辛辣
咕咾肉樣酸甜

茹素則清淡得隱隱刮腸

還好
有些總料理得五味並臻

只有我調製的
為甚
全都索然寡味

2014/7/29（刊於 2014/10/22 中華副刊）

鷺鷥

凡有翅膀的
都趁天天天藍
自由遨翔去了

我卻等待果陀似的
在水田中一直站著
盼著魚蝦獻身的奇蹟

還好、單腳可練金雞獨立
趁此尋思或者尋詩之時
眼前面對著的
是一汪淺淺的死水

2014/10/6（2015/1/6 自由）

雪

從遠方來到南方山頭
流浪　白白的來了
沒帶來一絲絲響動
除了感覺有一點點寒冷

可是我們總想它們能來
來遮蓋一下我們不小心的醜陋
來測試一下我們耐寒的堅忍
主要是詫異
為什麼會那麼清白

2014/11/28（2015/2 新大陸 146 期）

政變

烏鴉們都說要密謀
一次偉大的政變

都先把頭提在手上
免得別人看出面目
把手綁在樑柱上
以防別人看出手腳
樑柱建在浮沙上
偽裝是流動攤販
直到浮沙找不到地方落腳
最後都只好被廹

逐波　流放

所以烏鴉在呀呀亂叫
真的都和我一樣
天生色調，到處
都烏黑壓壓一片

2014/12/28（2015/3 創世紀）

雨徑

從沒有聽說過
會開一條路讓雨從容的
走了過去
除了從不設防的天空

即使再纖弱的雨絲
有時也會比愛情更暴虐
也會毫不留情的
把整個好意的天空
死死的困住

濕得，大家都別想出門

2014/12/8（2015/2 新大陸 146 期）

第二部 沉沒

十了歌

苦茶涼了
香煙熄了
燈芯暗了
眼睛花了
兒女散了
妻已睡了
四野靜了
星星亮了
前程沒了
可收工了

2013/11/13

聞高雄氣爆

世紀的爆破於焉轟烈的完成
每個人的胸口上
都有至少五公分的烙印

沒有人知道那兇手是誰？
除了那裂嘴齜牙六公里傷痕
而且一切均已隨驚恐消音

2014/8/8 華副

說我——試作四行調

他們都說
越來越壞
非儒非墨
稀奇古怪

他們都說
胆小如鼠
也去丟鞋
老來作怪

他們都說
越變越小
小如跳蚤
還敢單挑

他們都說
後現代了
汝非龐克
應作早鳥

他們都說
墨分五色
切莫打混
自保情操

他們都說
年歲不小
該收該放
打烊趁早

2013/12/5（2014/5《華文現代詩》創刊號）

突然

一
突然發現
生命不過是一塊冰
一面存在
一面消溶

二
突然發作
前路既然堵車不順
拒看路標
也懶天問

三
突然發覺
白髮已不止三千丈

無數待變
無窮增生

四
突然發生
時間偷偷停止蠢動
分針遲鈍
秒針打盹

五
突然發願
溫柔亦可憎惡也行
己近黃昏
管它陰晴

2014/1/9（新大陸詩刊 2014 夏季號）

真還不夠老

總是劣根性的貪多
雖然歲數己壓得伸不直腰
但我現在仍感覺
自己真還不夠老

*

你看公園那株大榕樹
活在那麼嘈雜的馬路邊
鬍鬚都己經拖在地上
還是那麼一個勁地怒指天高

*

不信撫摸那條從容不迫的老牛
頸上己被折磨得毛髮稀疏
牙己松脫除了啃些嫩草，仍在

反芻和呆望一點也不顯得無聊

＊

一直夢想成一隻翩飛的蝴蝶
曾經守著黎明歷盡一波波紅塵
那人而今已突破高齡重返童稚
痛飲陳高之辣，而猶笑臉迎人

＊

雖然不斷被時間淩遲秒殺
軀體的表層已有無數的彈孔
那些歷盡滄桑的凋堡
仍硬朗的矻立，顯得越發蒼勁

2014/3/31，詩成之時・周公尚能幹陳高三小杯。（刊於六月廿六日「聯副」）

灑淨

小小的淨瓶呵！
纖弱的楊技呵！
稀有的甘露呵！
弱勢的你們
要如何
將這些數不清的
對大千世界
執意的污染
一一灑淨

2014/9/26 聯副

碎琉璃

本來是一片平疇湖面
沒有晨鳥的眾聲喧嘩
也無昏鴉的無端訴怨
安靜一如廢棄的宮闕

誰知會激動起搗毀的風潮
那料憑空傾倒出凌厲冰雹
湖面碎成無數琉璃菱花鏡片
恆河沙數般的我便頻頻出現

2015/3/22（2015/10 秋水 165 期）

沉沒

真不知道誰在
沉沒

那些被眾人高舉過的
只不小心跛了腳，便在
汩汩的口水中
沉沒

那條裝滿驚恐的大輪船
為了逃避霄禁，不開航行燈
盲目在大海中
沉沒

那位至尊無上的神祈
為拯救世人，以楊枝灑甘露
終使苦集滅道在慈悲法喜中
沉沒

不知沉沒到底有幾多種
只知道在歲月的洪流中
稍一失慎，便會被誰拖下去
沉沒

2014/12/23（2015/5/21 人間）

六根

眼睛告訴我
水晶球已被噴霧
難得將一切原型看清

耳朵通知我
耳膜被噪音震破
已難聽到高八度的美聲

鼻孔雙雙抱怨
呼吸道遭嚴重汙染
異味不用掩鼻即不暢通

舌頭不耐的屈伸

強酸已刺穿敏感的舌根
味覺實已無法分辨苦辛

身子發軟舉步維艱
世路如此崎嶇險峻
此生恐己無法立成本尊

腦波紛亂示警
思路的意識己老化混沌
所有的覺竅均將指揮失靈

2014/10/5（2014/11/18 人間）

這是一定的

這是一定的
塊狀的雲不會從天上掉下來
除非化身成細小的雨滴

這是一定的
廣場的偶像不會自動跳車
除非遭受革命的追擊

這是一定的
真理不會一夜之間突然褪色
一定是經不起漂白的檢驗

這是一定的
老奶奶的纏腳不會隨便解開
要不是開放思想的洗禮

這是一定的
獅子口裡叼來的大塊肥肉
除非更大誘惑豈會輕易放棄

2015/1/1（2015/3/28 華副）

【歲末兩咏】

日子

日子密麻如篩子的細孔
我們跌撞其上
忙成時間的過濾物

誰知欲來的顛簸中
是遭淘汰或廢棄
還是
最後完全被沒入

收穫

天不曾慷慨放水
地也吝於大方生火

歉收的日子裡
就是無盡的破損
也得感恩
仍是一場豐盛的收穫

2015/1/14（2015/2/17 聯副）

反恐

又在躭心
蜂擁乘勝而來的，這次
不是潔白而和靄的鴿群
而是蛆蟲

它們一樣在雀躍歡騰
風聞到有無數腐朽
供它們逐臭，飽食，而且
可以繁衍出更多徒子徒孫

可憐善良的我們

防不勝防的
群起手忙腳亂
不知用什麼武器，去
反制這種令人惡心的惶恐

2015/1/29（2015/4/19 四方文學）

空給你們看

我把腦門打開
淨空給你們看
看看裡面除了苦楝那有橄欖

我把心房打開
敞給你們檢查
看看幾處心室有無狼踪隱藏

我把書櫥打開
晾給你們閱覽

看看書中究有藏嬌或全是破爛
我把賁門打開
解剖給你掩鼻
看看有時不止便秘還拉稀結腸

2015/3/6（2015/6 新大陸 148 期）

不語的蝶——周公走後一年

縱然沒有陽光，不斷霪雨
你從來不曾嘰嘰喳喳
也不曾因幽怨不爽
而頻頻咒念
就是撲翅也會小心地翩翩
唯恐驚醒了花神的午寐

除了微笑以對
幾乎沒什麼好開口的了
在這滿是喧鬧的春天

那極簡化的一身裝束
滿像是一首張力特強的詩
全都是起舞的紋飾和顏彩
自我俱足的蝶，從來不用言語

2015/3/16（2015/5/1 聯副）

小螺絲釘

只不過是一枚小螺絲釘
枯燥地等待在裝配綫上

同樣的序號
同樣的公差
同樣的孔徑去適應
同樣的轉速去鎖緊
同樣的工序把同批件數完成
其實不過是一枚小小螺絲釘

前景應是晦暗的

而今
天下所有的苟合
不免都消失於所謂
一體成型

2015/5/8（2015/6/25 華副）

走失的一首詩

一首詩，它沒有停在路上
也沒有吊在半空
水塘裡找不到水紋
竹林裡也不見風動
托信問王維他說非我朝所知
拍電報給杜魯門答曰此非政治
求告李爾克稱後現代詩他不懂
問卜於文王卦象是坤六爻可能出走
再向誰打聽都手機關機
臉書遭到撞入者霸凌

找不到的這首詩

絕對是天堂之門的拒訪通告
上帝宣佈教會不許傳佈駭客福音
告訴投機客僥倖路上已開始霄禁
暗示吃葡萄不吐葡萄皮者小心哽咽
城隍爺已派牛頭馬面搜查誰毒癮發作
阿派其怒吼亂超速者別惹他發火
這不是四處亂竄的謠言
也非名嘴發臭的口水
這是一首走失的詩
就是因為它太正直

2015/5/8（2015/11 聯副）

在南方

在南方，我不甦心草履蟲會把我踩在腳底下，我比它更耐米，小到可以躲在它腋下搔癢癢。

在南方，我不擅於在潮濕的熱帶氣旋下打坐，每有風媒花的探子，一再跑來盤詰我的前生。

在南方，我不慣稻草人裝模作樣的行徑，每每嚇得那些竅門未開的小麻雀以為真的遇到壞人。

在南方，我拒吃那些甜如蜜汁的漿果，所有可以讓舌頭開心的晃子，都將成不就一片龐大森林。

在南方，我總愛躺在高掛的明朗星空下，看一顆星偷偷地亮了出來，另一顆夾着尾巴暗了下去。

2015/5/12 香港圓桌詩刊 48 期

耳鳴

一定
一定有一大把憤怒在體內
燃燒

那不停的吱吱聲
是靈魂的慘叫

真後悔
未及時將那撩燃的星火
用一個指頭
狠狠地
將它捺掉

2015/6/22 自由

孤立——忍看我輩凋零

先後
掌風搧雨過的
這群不屈不饒於風向的葉子
竟然也萎黃了，枯焦了
化作春泥了

獨立寒秋的
我這一頁，顫娓娓的
而今才認知到
甚麼叫做
孤立

2015/6/27 自由

都可放棄

我是雪
除了潔白
其他一切五顏六色
都可放棄

我是炭
除了漆黑
其他一切光鮮亮麗
都可放棄

我是黃蓮

除了苦澀
其他一切酸甜辛辣
都可放棄

我是影子
除了閃避
其他一切露臉現身
都可放棄

2015/7/1（2015/10/28華副）

自由行走——辛鬱百日祭

時間只容許你
慢慢的走
從武場走向文場
從搖籃走向詩壇
盡職的走向自己的白頭

你說「難就難在
我穿了
一雙鐵鑄的鞋」

造物者最終不忍

把那雙一直拖住你腳的
千鈞重鞋　連同所有的痛苦
脫下　還你靈魂以自由
從此可以到處行走了
我替你祝禱　阿門！

辛鬱過世於4月27日，至8月7日正好一百天。曾有詩云「難就難在／我穿了一雙／鐵鑄的鞋」

2015/8/7 中華副刊

最美的事物

喝慣了濃稠的湯汁
最怕一清見底的陽春白雪

住久了都市的鴿籠
不慣沃野平疇渾不見邊際

還是濃濃的霧最美
一來
整個的你就抱在她懷裡

2015/2/2（2015/7 林文義散文集《最美的是霧》序詩）

歪論

不如這樣說
像曇花、像那話兒
獨立寒秋到了某個時晨
譬如說子時，或
格林威治淩晨
太陽一出現
便萎了，洩了、便再也
偉大不起來了

當然
服了威而剛另當別論

2015/7/17（2015/11/15 臉書）

是時候了

是時候了，譙樓已打五更
誰能總結得出慾火燎燃的
那一整片焚燒
枯槁了多少草芥的遠行

是時候了，格林威治的早晨
當烏雲逃獄般掠過
那鋪天蓋地的陰影
會驚嚇好多尚在夢遊的生命

是時候了，紫外光威逼日午
睔欠的岩頁型層疊呆賬

有多少會是保險償付
留給子孫的怕將是天文數字

是時候了，燦爛又近黃昏
光影製造出的視覺欺騙
要如何聚攏才能突顯到
這本是色空勾結的一場幻影

2015/6/16（2015/8/2 聯副）

未來

還沒有去向未來報到的
設若你們誤了航班
或者緊急腎炎必需送診
要不就覺得即使趕去也無好康
那就乾脆不要去了
那裡確實是座空城
連大潮打來也會寂寞地退回去
沒有半片甲骨文可以証明
存在過的興盛

真的、還沒動身就不要上路了
這你尚未去過的夢土
被人應許過的迦南地

牛奶與蜜的路尚未鋪好
成群的蟲豕未成型就已醞釀造反
你會應付不了險惡的地形
南瓜剛結在籐上便開始腐爛
文明還停留在問卜與占掛
一不小心就會腥臭滿身

對來日方長的憧憬是必要的
但必須極力把招子放亮一點
尤其必須把迷霧澈底撇清
更需頭腦清醒，認真辨識

註：招子或照子放亮即眼睛要睜大看清，民俗江湖用語
2015/6/16（2015/12 海星冬季號）

隱者

其實，他那裡也沒有去
不就是一枚未爆彈般
時時靜候在一旁

只要不去惹火他
他會隱忍在那狹小的空間
懶得搭理
不會火爆的鳥事

2015/7/25 臉書

第三部　超文本創作

超文本創作

我的另一項詩創作，便是這些所謂詩小人，全係俯拾而來的各種廢棄物材料拼裝構成，均無法命名。我認為詩並不全靠文字作抽象表現，袁枚說「但肯尋詩便有詩」，詩的火種其實藏在各個角落等待發現。憑視覺所及的各種圖象及心靈符號，都足以感受到飽滿詩意。這種感受會因人而異，各具特色。這就是早年曾經提倡過的「視覺詩」。如用文字把感受轉譯過來，將使詩更多彩多姿。詩是永無止境的。

CONSUS

天
黃
玄
地

5

poetry
詩
poem

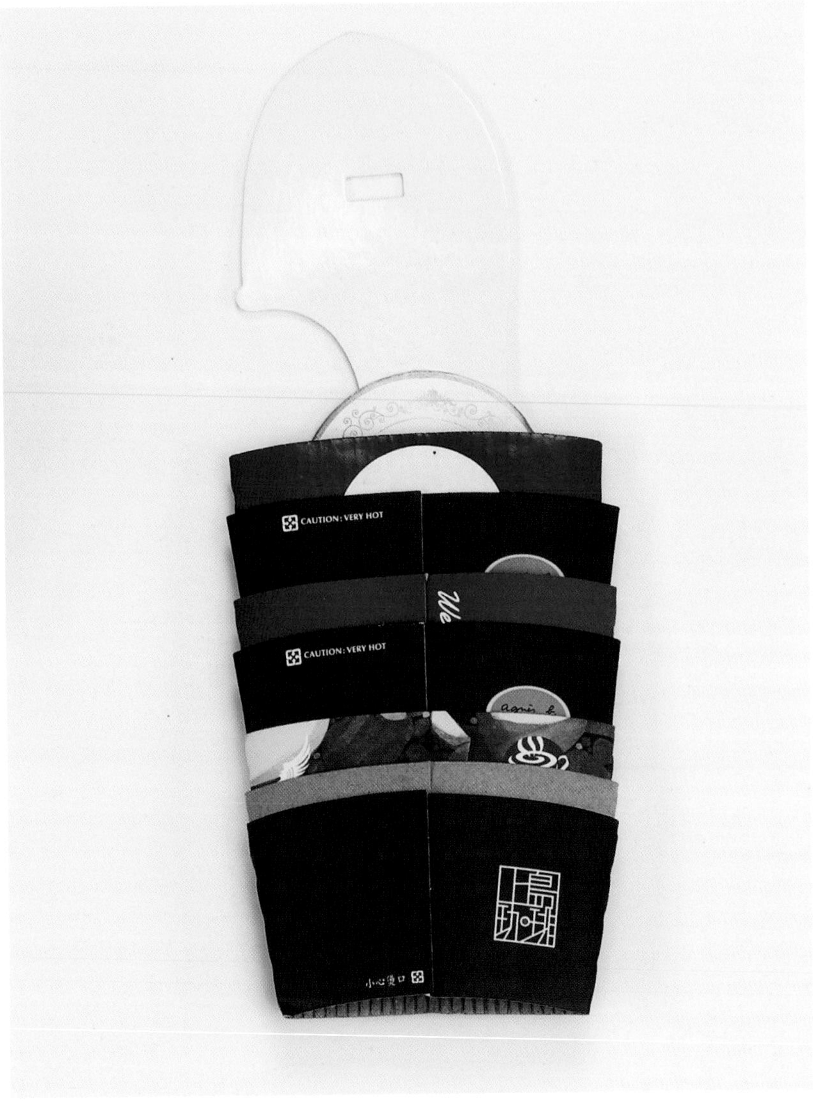
CAUTION : VERY HOT
CAUTION : VERY HOT
小心燙口

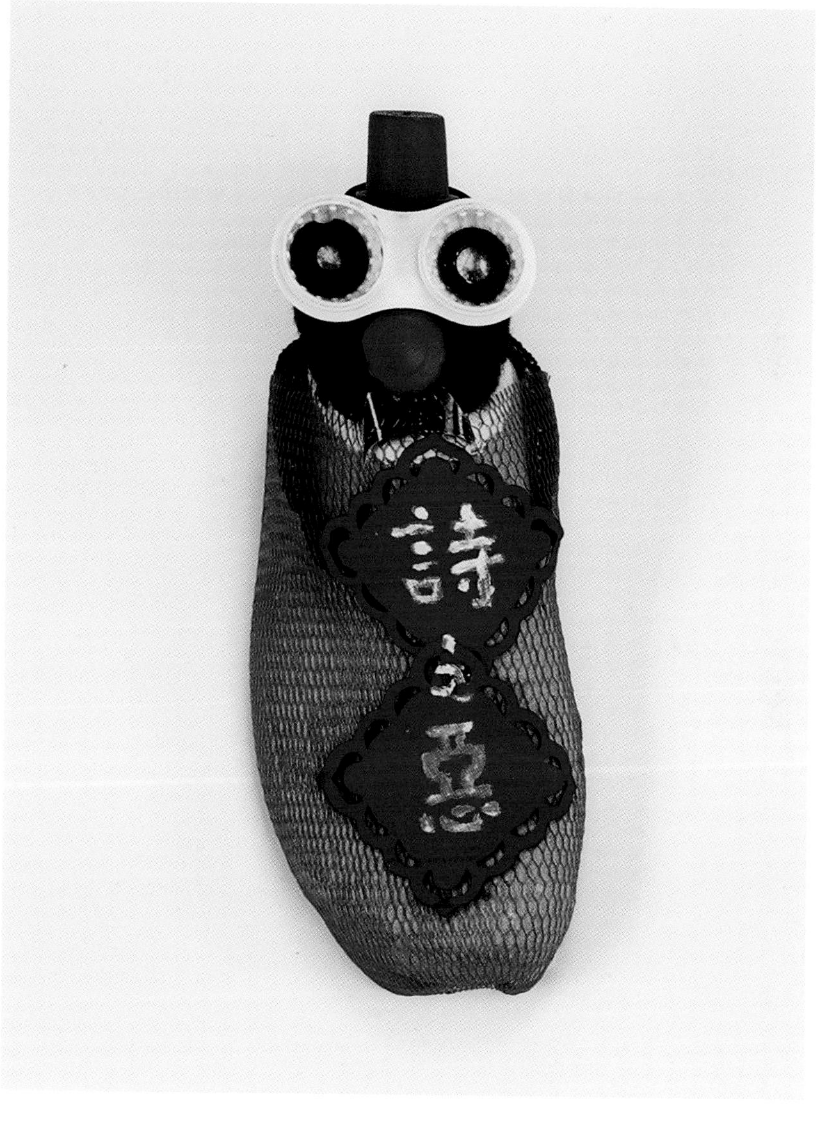
詩
意

禧
海綿寶寶
2009/12/18起, 集點加價購
www.85cafe.com
客服專線_0800_611588
SQUAREPANTS
www.spongebob.com

①荔枝②芒果③龍眼④鳳梨
小喬木，別

ArtsTicket.com.tw

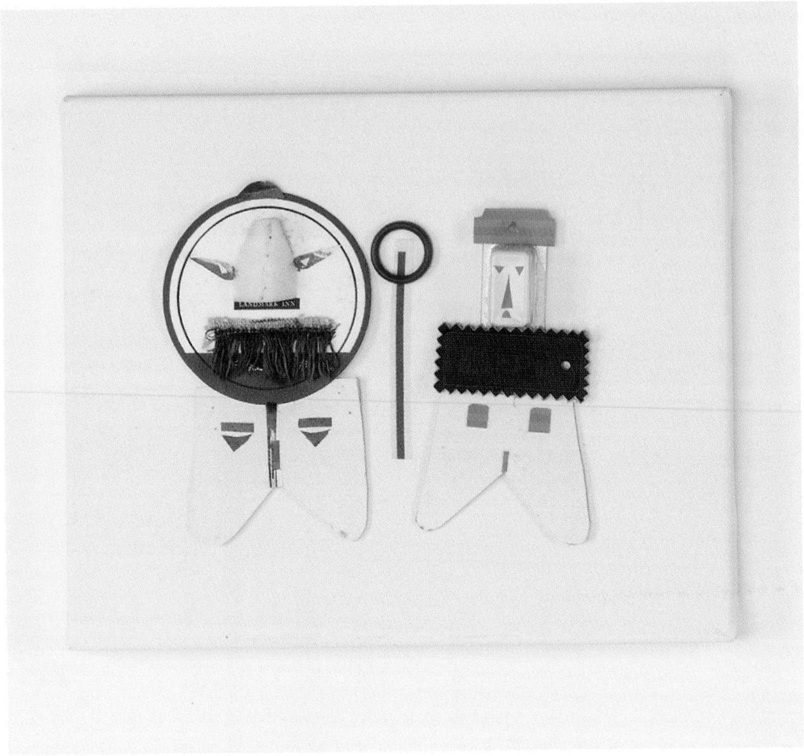
LANDMARK INN

附錄　詩評

雞鳴不已：向明詩集《早起的頭髮》的晚期風格

曾琮琇

《早起的頭髮》問世距離前一本詩集《低調之歌》僅一年餘，延續了《低調之歌》「無力者的曲調」（〈鴻鴻語〉），取材來自多元的社會觀察與細微的日常生活，以諧謔的筆法，質樸明朗的文字提出尖銳的針砭與置疑。前者好比「寧願改行做一枚釘子／被警察當成壞人抬走的釘子戶／讓我這枚釘子成為一枚／釘子的典範」（〈變壞〉）用釘子控訴橫行霸道的權力機制，後者如「終日如此的沉醉／直到自覺幻滅／才知這是／無重量卻又是此刻／不可或缺的／一襲羽衣／惟感覺特別微軟」（〈微軟〉）自嘲自己沉迷網海，不可自拔。論者嘗謂向明「向晚愈明」，大抵是在這層意義上。

不過，《早起的頭髮》的詩學價值，並不僅止於此，也不意味詩境「越老越圓」而走向平淡、圓熟之道。借用薩伊德的「晚期風格」論，「老境」的言說，是這本詩集特別醒目的地方，以下從三種老境加以詮解。其一，為肉體時間的衰老，〈天人之患〉將身體的病痛如胃裡面停滯的消波塊狀油脂、腳板底下不慎厚積的贅疣、肛門內外難防的痔漏、結腸內隱藏的息肉與天災相互指涉，〈條碼〉寫病房中的病體成為商品：「只是體內的器官在相互鬥毆／白血球即群起亢奮／一時之間／居然和市場經濟一樣／也標示出一組條碼貼身」。其二，為返老還童之境，表現在詩人對於日常事務的體察之中，如「文房雜伴詩」系列、〈瓶中信〉、〈落葉〉等微物書寫，往往能在平凡中提煉新意。其三，以「不服老」概括，乃對老境的抵抗與超越，集中不乏白髮、落葉等時間意象等，主題詩作〈早起的頭髮〉：「尚未脫離夢境的／早起的一小撮頭髮

／想要造反麼？／硬挺挺得像那些革命黨人」，早／晚、硬／軟、夢境／現實、造反／服從種種對立的元素在詩中辯難詰問，除了對於制式統治的嘲謔之外，同時暗示了死亡陰影（「抗拒是會殺頭」）的反抗。

詩人歷經無數悲歡合離，展現於詩作中的，不是世俗價值的複製，而是精神的自由無懼，如同〈雞鳴〉寫道：「曾經鳴過，那隻公雞／一直在鳴／一見天光即大放大鳴／總想振聾發聵／告訴大家這已是黎明」，因此我們有理由相信，早起的詩人，在《早起的頭髮》後，將帶來更響亮的啼聲。

讀向明詩集《早起的頭髮》

向陽

年末收到詩人向明前輩寄來他的最新詩集《早起的頭髮》，瑣事纏身，一直未能展讀。今早醒來，搔髮之際，年已翻新，合當捧讀《早起的頭髮》。

生於1928年的向明，已屆八十七歲高齡，仍然寫詩不輟，創作不歇，且其作品都能維繫高度，逼進生活與現實之中，擅長以詼諧、反諷、嘲謔的筆法，從平凡的日常生活中以小喻大、見微知著，表現詩的現實美學；他的詩不拘一格，又能翻新，於淺淡曉暢的語言中映現幽微深沉的詩思；他的為人溫柔敦厚，詩作則有魯迅之風，能以短匕刺見現實社會的血膿。這是我讀《早起的頭髮》

詩集的總體印象。

這本詩集共分三輯。輯一「慰周公」寫他與詩人周夢蝶的深摯情誼，輯三「一九五七年前作品」收三十歲前作品，輯二「早起的頭髮」則收近十年來詩作。書前有詩人蕭蕭序，說他既是仁者、儒者、也是俠士、義士，「一把旺盛的火在他內深處燒著，燒出兩岸詩壇所有眼睛都嚮往的一片明」。

我從另一面看，看到的是「一片反」，這詩集中的諸多詩作，聚焦於近十年來的現實議題和社會現象，對主流文化、權力機制、資本主義時潮和亂象，都提出了一針見血的批判和嘲弄，詼諧之餘，別見痛切。相反、反彈、造反、抗拒、頑抗、不甘雌伏、按耐不住、變壞、逆詩而行、破碎、去污、逆向……等，是這詩集各詩篇中不時跳出的用語，關鍵字就是「反」字。一如主題詩作〈早起的頭髮〉所寫那樣「硬挺挺的像那革命黨人」一般。

元旦讀詩，讀向明詩中的「反」意，返璞歸真，這才看到反冬復春的新象。(2014.01.01)

詩人向明：綿裡藏針，終成「儒俠」

新京報記者　吳亞順

1928年出生的臺灣詩人，共有十多位，其中洛夫、余光中、向明仍筆耕不輟，大放異彩，堪稱一個現象級群體——如果簡單以出生時間劃分的話。具體到每個人的寫作，則風格各異，洛夫奇崛，余光中溫情，向明儒雅。

「儒雅」之於向明，是其生命的本色。向明為人低調，談話總是微笑以對，輕聲細語，批評他人時特意隱去姓名。今年一月，《外面的風很冷：向明世紀詩選》出版，腰封上的推薦語寫著「儒家美學的躬行者」。不過，向明「詩壇儒者」的名號，在網路世界裡，在詩歌寫作中，卻呈現出另一番景象。

八十七歲高齡以自嘲回應網友

余光中曾對向明說，60歲是詩人的更年期。向明似乎是特例，雖然他稱寫作為「捕字入詩」，但創作力旺盛，幾乎每天都有新作產生。報紙副刊版面有限，作品「苦無地方發表」，幸運的是，網路世界門戶大開，煩悶一下子滌蕩殆盡。

「網路把宇宙放大了。」向明寫道。與絕大多數網友不同，他不在鍵盤上敲字，而是用手寫板，「就像在稿紙上寫一樣」，輸入詩文。

向明感歎網路是「臥虎藏龍之地」，不容小覷。他有自己的網站，也在「今天」等文學網站、詩歌論壇開設「個人空間」，貼文章，回復評論，不亦樂乎。對於這一點，向明頗自豪，接受訪問時，他說：「或許到目前為止，恐怕我也是兩岸老一輩詩人中，唯一一位八十歲還使用電腦寫作的人。」

早在2004年，向明就在中國大陸最大的詩歌網站「詩生活」開設了自己的專欄。他上傳的第一首詩，叫《放下》，其中寫道：「擁豬仔主政／挾牛馬坐辦公／雞不司晨，改唱頌歌／猴不抓癢，改要把戲……」這首詩諷刺意味強烈，題為「放下」，但作為詩人，向明放不下這亂象叢生的社會現實。

今年三月，向明在「今天」個人空間貼了一首新作《空給你們看》，四小段都以「我把××打開」的句式進入。一位網友評論說：「手法陳舊，義理出新。」當天，向明回復「謝謝指教」，又說：「當然陳舊，老狗哪能要出新把戲。」另一位網友跟帖：

「俺覺得能這般自嘲之人，才是真正諧趣、寬厚之人。」評論至此，事情已經結束，但在向明，自貶為「老狗」，不是後退，倒是以開玩笑的方式回應。「是不是有新把戲可耍，你自己去看嘛。」他說。

更重要的是，向明覺得，討論「新」與「舊」，是一個不折不扣的偽命題。有評論者認為，向明的詩歌既發展了詩歌的現代性，又飽含傳統意蘊，新舊完美融合，但他多次強調：「詩無新舊，只有好壞。」

諷刺想進入歷史的詩人

對於「新」與「舊」，向明一首題為《太師椅》的詩，態度鮮明最為典型。他寫道：「園子裡的雞翅木／落過不知多少次葉／要酷的後現代兒孫們見了／總覺得／一輩子得這麼端正地坐著／要多彆扭就有多彆扭／要多荒唐就有多荒唐」。向明再次用反諷的方式「敲打」了「後現代兒孫們」。當年存在主義席捲臺灣，「詩壇像患了流行性感冒」，他仍然「走自己的路」，固守自我。

對於自己，向明亦有「非分之想」，儘管他說書禍害了老友周夢蝶一輩子，「一生為書做牛做馬」，但他還是想「像一本書」，「看累了就躺回書架／就讓塵埃／去論短長」。書籍擁抱漢字而眠，詩人回歸自身，塵埃升起落下，蜚短流長，陰晴不定，都與他無關。

在《外面的風很冷》這首詩中，向明寫出了另外一種人的「追求」：「一心一意踮腳凝神／雙手攤開，管他／衣衾不整，歪眼塌鼻／把自己塞進書架上的那一排／那一排中的／一本 坐定」。最終，

「不要有一隻腳／留在外面，歷史的外面」，換言之，希求整個兒進入了歷史。「太多詩人拼命想鑽進歷史裡面去！」向明慨歎。他用這首詩諷刺有此野心的作家、詩人。當然，向明諷刺別人，也多有自嘲。《賣老》一詩，他稱「老人絕對不會拒絕成為一切偉大和不朽的可能」，卻以這一句結尾：「不幸現在的我也和他們一起／混跡在一切可能又可憐的前面的前面。」

向明以儒雅之筆墨，寫憤怒、反諷、失望之詩。臺灣詩人隱地評價說：「今年（指2010年）兩本詩選所選出的《有我》和《盡頭》所表現的便是這樣的一種心境。看起來都非常激烈，表露出對世事人間非常失望的感慨。向明近年的作品都有此傾向。」或許可以說，向明的儒雅，並非柔軟無力，而是自有其立場、個性，且尖銳過人——用「綿裡藏針」來形容，再合適不過。不同的是，向明這根「針」，既刺向他人，刺向現實社會，亦刺向自身。

寫「輕型武俠詩」自稱「儒俠」

相比於洛夫、余光中，向明行事低調，演講、與人往來都是悄悄進行，他甚至說「我永願作孤鳥」。無意於青史留痕，向明看重的是詩歌本身，希望讓詩自己說話——「只有它的話，才是真話」，所以，網路上、生活中，他都「主張我們只在詩藝上競爭」。這促使向明在詩歌寫作領域求新求變，在這一點上，他同樣頗為自得。《盡頭》一詩中，有句曰「棒棒糖的盡頭肯定只剩一根光棒棒」，他笑著說：「這是一個很平常的現象，但是誰寫出來過？」此外，他接納「惡搞」，不僅《在李白墓前》這首詩中說「我的IQ和EQ都比他差」，更寫下十篇「KUSO李白」的隨筆，展開專題研究，對「惡搞李白」有創意者予以肯定。向明甚至寫了一組「輕型武俠詩」，題為《來者看招》，分「七招」，共七小節。
「第七招」寫道：

有人探頭偷看
越過籬笆
看看我在不在家
他們沒看到人影

只發現一地頭髮
但他們懷疑那會是董某的？
除非，除非那老小子
不敢出招，卻出了家

我在醉中聞訊大笑三聲
使的鬼剃頭的那一招真靈
在他們正忘形得意時
帶回他們全部的頭髮，示警

讀罷這組詩，周夢蝶弟子、臺灣高雄師範大學教授曾進豐認為，「就此而言，詩儒之稱恐不足以概括，向明儼然俠者之流。」向明則順坡下山，稱自己為儒俠。

「我力求我的詩在溫和的後面表達剛健，在平淡的後面有一種執著。」《向明詩觀》中如是說。向明的儒雅，向明的尖銳、反諷，向明的俠氣，都可看作是這一句話的延伸，並且，在其耄耋之年，仍將延伸下去。

附一：名片

向明，本名董平，1928年生，湖南長沙人。軍事學校畢業，臺灣藍星詩社資深成員，曾任《藍星詩刊》主編、《臺灣詩學季刊》社社長、年度詩選主編、新詩學會理事。曾獲優秀青年詩人獎、文協文藝獎章、中山文藝獎、詩魂金獎、1990年大陸全國報紙副刊好作品評比一等獎。出版有詩集十五種、詩話集七種、自選集兩種、童話集三冊、散文兩冊，編選詩集五種。2015年出版《外面的風很冷：向明世紀詩選》。

附二：談周夢蝶

周公讀書多，很用功，還圈點呢。文人相輕很尋常，說我的東西一定比你好，他從來不會講，任何話不講好壞，不講任何人一句話。如果他欣賞你，欣賞你的作品的話，他會買一大堆你的書送人，好東西讓大家分享。有一位女詩人，他覺得她的詩很好，有一天跑到出版的地方，人家還沒開門，他等在門口，買了三十本。他並沒有多少錢，但他買了這麼多，推薦給大家看。他常常做這種事情。

附三：摘錄　盡頭

明明知道，一切都是天命無常
卻仍在拼命地找
八千里路雲和月的盡頭
海角天涯的盡頭
螢火蟲燒盡全身的熱量
何日能探照到一條大路的盡頭
城門失火延燒至那家權貴才算毀滅盡頭
老媽媽頻問不歸的兒子流落在何方盡頭
銅像們一直罰站何日才是刑期滿的盡頭

魚要如何用力才能躍到龍門的盡頭
鳥要怎樣展翅才能飛到天堂的盡頭
也仍只能拼命地找尋
發現流水沒有盡頭
江湖只是過路
棒棒糖的盡頭肯定只剩一根光棒棒
夢幻的盡頭只是空歡喜一場
即使落葉賴著不走
要離枝而去的終究飛去找自己再生的盡頭，與你無關

向明

湖南長沙人，一九二八年生。本名董平，1949年隨軍來台，1960年曾赴美研習最新電子科技，回台後擔任國防軍職至屆齡退休。自1949來台開始即性好文藝從事現代詩創作及詩評論隨筆達六十餘年。為藍星詩社重要成員，主編藍星詩刊多年，曾任中華日報副刊編輯、年度詩選主編、新詩學會理事、國際筆會會員、國際華文詩人筆會主席團委員，臺灣詩學季刊社社長。曾獲優秀青年詩人獎、五四文藝獎章、中山文藝獎，國家文藝獎、中國當代詩魂金獎。一九八八年世界藝術與文化學院頒贈榮譽文學博士學位。退休後至今仍為自由作家，出版有個人詩集十六種。詩話集及詩隨筆八種，散文集四冊、童話三冊，譯詩兩本，多人詩合選集四本，編選有年度詩選四種，《情趣詩選》一種，與白靈合編《可愛小詩選》一種。

詩是人的真聲
詩是人生經驗昇華的滴露
詩絕非文字的樂高積木
詩人是生物絕非神靈

——努力做到一首詩，只有永恆，沒有時間。

INFINITE

詩·INFINITE

向明詩集 · 永不止息

作　　者：向　明
美術設計：許世賢
出 版 者：新世紀美學
地　　址：新北市淡水區沙崙路 25 巷 16 號 11 樓
網　　站：www.dido-art.com
電　　話：02-28058657
郵政劃撥：50254586
印刷製作：天將神兵創意廣告有限公司
電　　話：02-28058657
地　　址：台北市民族西路 76 巷 12 弄 10 號 1 樓
網　　站：www.vitomagic.com
電子郵件：ad@vitomagic.com
初版日期：二〇一五年十一月
定價：四八〇元

國家圖書館出版品預行編目（CIP）資料

詩 . INFINITH ： 向明詩集 . 永不止息 ／ 向明著
-- 初版 . -- 新北市 ： 新世紀美學， 2015.11
面 ；　公分 --（典藏人文 ； 1）
ISBN 978-986-88463-4-0（精裝）
851.486　　104024902

新世紀美學